KB099130

물마중

지혜사랑 279

물마중

유계자 시집

지혜

시인의 말

힘들고 지칠 때
곁이 되는
물마중 같은 시를 쓰고 싶었습니다

2023년 늦가을
유계자

차례

1부
햇살이 꽃 뭉치 샤워기를 틀어 놓는다

2부
거울을 다시 들었다

3부
꽃빛이 환할수록 걸음이 더디다

4부
또 다른 행운이 진열을 기다린다

- 일러두기

  페이지의 첫줄이 연과 연 사이의 띄어쓰기 줄에 해당할 경우 > 로
  표시합니다.

1부
햇살이 꽃 뭉치 샤워기를 틀어 놓는다

출근

백로는 늘 같은 곳으로 출근을 한다
웬만한 비에도 끄떡없이 제자리를 지킨다
큰물이 지나가자 어김없이 짝다리로 서서
목을 길게 빼고 물결을 뚫어져라 응시한다
같은 자리, 같은 자세로

처자식만 없으면 벌써 때려치우겠다던 남자
밥이 죄라서
짝다리로 정류장에 서 있다

가을밤

달빛이 들판에 홑이불처럼 깔리면
풀벌레 울음이 깻단을 털 듯 차르르 차르르 떨어진다

금세 털어놓은 울음이 서 말 가웃
눈물 없이는 열매도 익지 않는다

나도 가끔 가을밤에 나가 함께 울어주곤 했다

물마중

그녀의 굽은 등에 파도가 친다
오롯이 숨의 깊이를 다녀온 그녀에게
둥근 테왁 하나가 발 디딜 곳이다

슬픔의 중력이 고여 있는
물의 그늘 속에 성게처럼 촘촘히 박힌 가시
물옷 속으로 파고드는 한기엔 딸의 물숨이 묻어있다

끈덕진 물의 올가미
물숨을 빠져 나온 숨비소리가 휘어진 수평선을 편다

바다의 살점을 떼어 망사리에 메고
시든 해초 같은 몸으로 갯바위를 오를 때
환하게 손 흔들어 물마중 해주던 딸,

몇 번이고 짐을 쌌다가
눈 뜨면 골갱이랑 빗창을 챙겨 습관처럼 물옷을 입었다

납덩이를 달고 파도 밑으로 들어간 늙은 어미가
바다를 끌고 집으로 돌아오면
테왁 같은 낡은 집이 대신 손을 잡는다

저녁해가 바닷속으로 자맥질하고 있다

수련

물이끼 가득한 연못은 공사 중
수면을 평평하게 고르고 수련잎을 펼쳐 놓는다
넓이와 깊이를 가늠하고
말라버린 꺼칠한 것들은 기름칠한다
질퍽한 수중 속으로
날아든 돌멩이 몇 개
흙탕물은 수평이 될 때까지 가라앉힌다
지난해 가뭄으로 주문받은 수련을 배달하지 못해
돌려막기에 바빴던 연못
납기 일을 맞추느라 분주하다
물주름 힘껏 밀어 일제히 스위치를 올리고
욕심 한 점 묻히지 않고 윤이 나는 화심花心
구십 노모를 눕히자 출렁 수련을 끌어 덮는다
대낮의 둥근 파장 속으로 참 환하게 꽃등을 켠다

지나간 사랑

큐빅이 빠진 브로치
아무리 화려해도 꽂을 수 없다

택배

겨울 한 상자가 버스를 타고 왔다

차멀미가 심했는지
현관에 들어서자마자 녹초가 된다

콩이며 들깨
누렇게 바스락거리는
나물 몇 봉지 단단히도 묶여 왔다

수십 년 말려 먹은 어머니

갈매기 찻집

유리창엔 파도가 출렁이고 갈매기를 두른 여자는 주문을 받는다

함초 밭에 버려진 폐선같이 구석에 앉아 폰 속에 박힌 웃음을 도려내기 시작했다
층층 쌓인 약속은 쉽게 잘려나가고 환하게 나부끼던 낱장들 금세 너덜거린다

팽팽하게 물보라를 쥔 한 척의 배가 조각난 고백을 알리듯 뱃고동 소리를 창문에 던져놓자 여자는 푸르고 둥근 잔에 바다가 끓여낸 짭조름한 노을을 담아왔다

너덜거리는 폰을 닫으며 얼른 수평선을 끌어다 시린 생각을 덮었다

슬픔이 납작해지도록 둥근 잔을 내려놓고
노을이 바닥날 때까지 마셔도 물 묻은 갈증이 가라앉지 않았다

텅 빈 모래밭에 갈매기 발자국만 시든 꽃잎처럼 떨어져 있었다

개미와 칡

비 그치고 시멘트 바닥에 몸을 눕힌 지렁이
어디서 나타났나
개미 한 마리 제 몸집의 수십 배
지렛대도 없이 지렁이가 움찔움찔

커다란 강물 하나가 출렁 떠내려간다

언젠가 어린 동생들
커다랗고 시커먼 칡을 어떻게 캐냈는지
둥가둥가 산 한 채 떼 메고 와서는

겨울까지 파먹었던

등꽃 목욕탕

꽃 뭉치가 샤워기 같다
일 년에 단 열흘만 개장한다는 등꽃 목욕탕

강변의 사각정에 올려놓은 등꽃, 사방에서 틀어놓은 샤워기처럼 보라색 물이 쏟아진다

등꽃 그 뜨신 향기에 먼저 민들레가 몸을 담그고 멧비둘기도 날개를 적시고 바람은 털썩 바닥에 앉아 신을 벗는다
막 들어온 햇살이 꽃 뭉치 샤워기를 끝까지 틀어놓는다

어질어질 물길은 깊어져 온통 보랏빛 향기 속으로
자주 응급실을 들락거리던 한 여자가 시든 몸을 담근다
부은 발을 주무르고 훈김 오르는 물방울이 안경 속으로
후드득 떨어진다
돌아앉은 그녀의 등을 멧비둘기가 꾸욱꾸욱 밀어준다

풀어진 여자가 탕 속에서 나오자 참새 몇 마리 슬픔의 각질들을 서둘러 치우고 등꽃 목욕탕은 노을을 받을 채비를 하고 있다

소라게

창문을 그려요
무덤덤이어서 안과 밖의 색깔이 흐려지기도 해요
자주 골몰하게 되고 한번 열면 닫히지 않아요
처음 걸음마처럼 서툴고 지나간 길들이 자주 꼬여
먹물 같은 골목을 빠져나가 적자뿐인 비좁은 골목을 지나
좀 더 큰길 큰길로 이사 가요

모델하우스는 거품이에요

딱딱한 짐이 너무 무거워요
내려놓을 수 없는 등

발가락이 부었네요

기억나니

낮익은 목소리는 전선을 타고 왔다
중학교 때 앞뒤로 앉아
차라투스트라는 이렇게 말했대
생의 한가운데는 이런 거였어 조잘대던

우리는 누군가의 이름을 말하고
기억나니
퍼즐 맞추듯 가라앉은 시간을 건져 서로 앞에 놓아주었다
연탄집 하던 애 이름이 뭐였더라
작은아버지랑 살던 눈이 예쁘던 아이

기억나니
기억나니
두어 시간 캐놓은 이름이 수북한데
웃었다 울었다 폰 속으로 여우비가 내렸다
그래서, 그래서, 그랬구나

캐고 보니
그새 자리에 묻어둘 이름들이 많았다

물의 둥지

한차례 소나기 다녀간 연잎에 투명한 둥지 하나 틀었다

창 넓은 하늘이며 키 큰 미루나무 이파리로 세간을 들이고

평상 하나 만들어 빈둥빈둥 낮잠이나 청하고 싶은

한 번 들어가면 나오고 싶지 않은 눈물 닮아서 더 빛나는 방

가만히 들여다보면 시린 마음의 뒷면까지 밝아진다

애완愛玩의 날들

가만히 옆에 와 눕는 다정
강아지 솔이
물소리 바람소리 새소리로 부르다가

삐딱해지면
야 개소리
용케 알아듣고 온다
변치 않는 사랑 있다고
눌어붙은 충성 있다고
제일 먼저 달려와 안기는
짐승의 거죽을 쓴 사람이다

걸핏하면 물어뜯고 뒤가 구린
이만 잘 닦는
무늬만 사람인 짐승들
분간하기란 쉽지 않다

기적

어제는 보이지 않았는데

뒤꼍 창문에 고리를 걸고 거미가 허공으로 투망을 던졌다

그새 잠자리 한 마리 퍼덕거린다

만 개의 눈을 가지고도 저리 잡히는데

두 개의 눈으로 무사히 여기까지 왔다

난청인가요

당신의 말은 거품이었나요

잠들지 못하는 의식 속으로
무방비로 진심이 풀려나오더군요

우리에겐 만두피 같은 얇은 사랑뿐이었나요
생선 뼈같이 앙상한 사이였나요

입술에 매달려 있던 웃음이 와르르
유리 조각인가요

이미 바닥까지 왔다면

가위를 들어야겠어요
치렁치렁 자라는 소리를 싹둑 잘라야겠어요

종이컵

딱 한 번 뜨거웠으면 됐다

딱 한 번 입맞춤이면 족하다

딱 한 번 채웠으면 그만이다

할 일 다 한 짧은 생

밟히고 찌그러져도 말이 없다

착각

사이 좋은 부부가 살았다

남자를 떠나보낸 여자는 많이 울었다

남편이 다시 살아오면 얼마나 좋을까요
누군가 물었다

다시 살아온대도 그 사람과 살고 싶지 않아요
뭣 하러 살아본 인생을 재탕해요

회색은 없다

사과나무 열매들이 다글다글 몸 부비고 있다
한 교실에서 장난치던 친구들
한 울타리 사과였다

실한 열매 없이 좀 오종종하면 어떠냐고 가려진 그늘 서
로 비껴 주고
이다음 함께 살자며 시시덕거렸다

시간 빠르게 회오리치고 사과나무는 휘어졌다

그늘은 필요 없다며 슬며시 밀어 놓고
마음을 닫고 걸쇠를 꽂는다

솎아지느냐. 솎아내느냐

반쯤 찢어진 그늘 사이로 새파랗게 매달려 있는 사과
붉게 익혀도 누군가의 입으로 들어가기는 마찬가지

붙어 있다는 것
빨강 아니면 파랑

2부
거울을 다시 들었다

한 다발의 봄

할아버지 나뭇짐 속에 꽂혀있던
진분홍 봄 한 다발
봄은 늘 지게에 업혀 내게로 왔다

좀 서둘러 왔는지
부뚜막에서 까무룩 졸고 있는
어린 봄

고양이가 발로 툭 건드리자
화들짝 열리는 꽃잎
놀란 봄이 들판으로 달아나고 있었다

하현달

연못의 잉어들

둥근 달 하나
몇 날 며칠 뜯어 먹었는지
달 껍질만 동동 떠 있다

내가 다 파먹고 버린
어머니 손톱 같은

사월

천 가지 만 가지 빛깔

천 갈래 만 갈래 마음

어디로 튈지 모르는

천방지축 강아지

윤기 돋는 귀털

접시꽃 급식소

쨍그랑
접시 한 개를 놓쳤다

참새가 아까운지 자꾸 들여다보자
접시꽃이 얼른 접시를 꺼내놓는다

고봉으로 담아 놓은 햇살
허기진 나비가 맛있게 먹고 간다

차례를 기다리던 벌이 새치기를 하자
바람이 벌의 엉덩이를 툭 친다

나도 슬며시 줄을 선다

못이 빠져나간 자리

발바닥에 못이 박혔다
아픈 것도 잊은 채 혼날 생각만 가득
각목을 잡아당기자 검붉은 피가 쏟아졌다

아픈 것보다 야단맞을까 두려워
낡은 메리야스를 찢어 둘둘 말고 나일론 양말을 신었다

청색 운동화를 신고 산길을 넘을 때면
못이 빠져나간 자리를 용케 알고 돌멩이들이 치받는다

못 박힌 자리보다 빠져나간 자리가 오래 아팠다

한 사람의 이름이 빠져나간 자리는 바람이 집을 지었다

분장이 필요해

시간이 지날수록 덧칠할 곳이 많다
보이지 않는 속 기워야 할 곳은 더 많다

리모델링 비용보다 바꾸는 게 낫다고 일침을 놓는다

할 수 없이 눈썹 두 줄
좌악 밑줄 긋고
신의 미완성이라고 우긴다

거울을 다시 들었다

하루쯤은 다른 사람으로 살고 싶기도 했다

소문

아버지가 회초리를 드는 날이면

수평선이 마당 끝에서 힐끔거렸다

아침에 학교 가면 벌써 소문이 돌고

밤새 찰싹찰싹 매질을 일러바친 수다쟁이

그런 날이면 나도 참방참방

바다의 발등을 밟아 대갚음했다

미루나무 편지

처음 받은 고백을 미루나무 발등쯤 묻었다

바다를 바라보고 자란 미루나무는
입이 근질거린다

조금만 바람이 불어도 잎을 뒤집어
팔랑팔랑 편지를 읽어주는 통에
들키지 않으려 자주 마당을 쓸었다

미루나무 아래 서면 편지를 꺼내 읽는 버릇이 생겼다

책장을 정리하다가

책등을 털어내자 살비듬이 날린다

목쉰 소리가 툭 떨어져 나간다

내 시집도 어딘가에서

눈길 한번 받지 못하고 혼자서 무릎 시리겠다

얼른 책꽂이 깊숙이 꽂아 두었다

가녀린 등이다

세 송이 피었어요

한낮을 베고 누워 시간을 날 무처럼 깎아 먹었다

먹다 만 무를 책상 위에 올려놓고 물을 부었다

움이 트고 싹이 돋아 세 송이 피었다

『오래오래오래』,『목도리를 풀지 않아도 저무는 저녁』,『물
마중』

가을 한 권

담장에 기댄 해바라기 꽃잎을 연다

흰나비 한 마리 팔랑팔랑 마지막 페이지를 넘기자
툭 떨어지는 가을 한 권

호기심 많은 다람쥐
얼른 가을을 펴서 읽고 있었다

막 들어온 바람이 나를 쓱 훑고 간다

겨울 양식

창고에 들여놓은 고독 몇 가마 겨우내 퍼먹어도 줄지 않는다

오솔길에 내놓아도 새도 안 주워 간다

처서

귀뚜라미 등에 업혀 와 더위를 처분한다는데

이 세상 처분할 것들이 얼마나 많은가

산더미처럼 쌓여가는 감정들

날마다 끌고 다니느라 등이 점점 휘고 있다

교회 앞 말끔하게 가지치기한 소나무

예배당에서 나오는 사람들을 자꾸 쳐다본다

한 손을 잡는다

비린내가 굳은살처럼 박였다
간 쓸개도 모자라 창자도 빼놓는다
좌판에 파리 떼 견디며
자주 허물어져 헛물을 켠다

문드러진 속
굵은 소금까지 치고서
드디어 어울리는 짝

고등어 한 손

누군가 손을 내민다

진실

빨리 가거나 느리게 가는 시계는 한 번도 맞지 않는다

입 다문 시계는 하루에 두 번은 거짓이 아니다

열쇠

자꾸만 허둥댄다

자동차를 앞에 놓고
가방을 뒤진다

열쇠가 보이지 않는다

저 작은 구멍 하나도
어쩌지 못하고 쩔쩔맨다

하기야 당신의 넓은 가슴을
무슨 수로 열고 닫겠는가

한 번이라도

억새꽃이나 쑥부쟁이쯤 되어도 좋겠다

물기 바짝 마른 억새의 가슴팍에
확 불 그으면

하르르 한순간 타버리거나 햇볕 좋은 날

산등성이에 보랏빛으로 기차게 화사하다가

찬 서리에 푹 꺾여도 좋을 테니

한번 실하게 꽃 피어도 좋겠다

3부
꽃빛이 환할수록 걸음이 더디다

어머니를 대출합니다

겉표지가 낡아 덜렁거린다
풀로 붙이고 표지를 싸매고 첫 장을 열었다
훅 풍겨오는 곰팡내 책 비듬이 떨어진다
까실까실한 글자들로 들어차
손끝이 찔려 바로 돌려줄까 고민하다
이왕 빌렸으니 꼼꼼히 읽기로 했다
한쪽이 허물어져 침을 묻혀도 잘 넘어가지 않는다
이미 서슬 퍼런 문장들은 녹이 슬고
고단한 제목들도 코 고는 사족이다
빛나던 경칩의 장식은 떨어져 나가고
꼭지를 놓친 복숭아처럼 물러져 있다
침대맡에서 책을 읽다가
힘이 빠진 저녁을 떨어뜨리기도 했다
수십 년 버무려진 이야기를 한 달에 끝낼 수 없어
다시 제자리에 꽂아 놓았더니
도서 대출 칸에
둘째 동서가 기록되었다

풍어

탱자빛 노을이 후드득 바다로 떨어지자

간월암 팽나무는 둥지에 달을 품는다

밤새도록 찰싹찰싹 달을 굴리다 보면

갯비린내 물큰
달을 찢고 나온 통통배 한 척

비릿한 새벽을 열고 풍어를 거둔다

아버지

불어난 물길을 건널 때
힘에 부치는 돌을 들고 건너야 떠내려가지 않는다고

부엉이울음 같은 슬픔이 홍건한 밤
육 남매의 육중한 무게가 당신을 지탱하는 힘이었다고

존재

해당화 한 송이
찻잔에 넣고 물을 붓는다

한목숨 꺾어
실핏줄까지 우려낸다

날마다 다른 이의
목숨으로 살아간다

고드름

이 촌구석까지 땅값 오를 줄 누가 알았겠나 승마장이 생기다니 평생 흙 파먹고 사는 놈에게 도회지서 이사와 내 편이 되어준다기에 그 말에 홀려 쓸개까지 떼어 줬는데 소나무 선산이랑 기와집 다 넘어가고 도장 꾹 눌러 찍은 이 손가락만 아니었어도

네 놈 찾기 전엔 못 죽지 못 죽어

옷가지 하나 꿰뚫지 못하는 말갛게 드러내는 큰소리로 비수 하나 품는다
몇 달째 소주병이 널브러지고 서걱서걱 울음이 얼어붙었다
추녀도 덩달아 밤새 비수를 세운다
바람 한 번 지나가면 와장창 무너져 버릴 연한 비수들

긴 꼬리에 꼬리를 잇는 버스는 줄지어 비껴가고

울창한 소나무 밑에 갈색 갈기를 흔들며 투덕투덕 흘러가고

꼬리

어머니는 늘 머리가 될지언정 꼬리가 되지 말라고 하셨
는데

나는 왜 꼬리곰탕이 좋은지 모르겠다

무성한 고민

양철지붕 푸른 대문 앞 잎만 무성하던 자두나무에 붉고 희고 노란 복숭아가 열렸다 하도 신기해 한참 바라보다가 주인이 깎아준 색색의 복숭아를 먹다 말고 그분은 잎만 무성한 무화과나무를 왜 죽게 했을까 이왕이면 열매 잘 맺는 나무로 접붙여 놨으면 좋았을 텐데 중얼거리다가 복숭아나무한테 제집 이 층 몽땅 세놓고 밑동만 남은 자두나무를 복숭아나무라 불러야 하나 자두나무라 불러야 하나 쟤는 무슨 맘으로 살까 고민하다가 내 발 한번 쳐다보고 손가락 한번 쳐다보고 말만 무성한 나를 분지르지 않고 좋은 사람들 붙여주고 지금껏 기다려 주신 것이 고마워서 좋은 열매 한번 맺어야지 맺어야 하는데 고민하다가 또 하루가 간다

목단꽃 할머니를 찾습니다

버드나무는 연둣빛 그늘을 넓혀가고
그 그늘에
유모차 반나절을 굴리며 오는 목단꽃 할머니
꽃빛이 환할수록 걸음이 더디다

유모차에 졸음을 기대놓고 주머니에서 쌀 한 줌 꺼내
아이고 이쁜 거 이쁜 새끼들
참새 몇 마리 입양한다

영수야 순영아 이리 온
서쪽으로 허리가 기울어지는 동안
민들레 금계국 개양귀비 산딸나무 순으로
나열된 봄

유모차에 돌돌 실타래 같은 햇살이 감겨들고
둥근 산이 저녁을 데리고 할머니를 따라간다

새 단장한 버드나무 그늘 속 참새들
우르르 유모차를 찾아 나선다

에움길

돌아보면 알게 되네
구불구불 에돌아가던
그 길이 아름다운 길이었다는 걸

지나간 뒤에야 보이네
밤새 눈물짓던 일들도
버릴 것 없는 선물이었다는 걸

홍시

한동안 깜박거리던
외할머니댁

등불이 꺼졌다

훔쳐봤기로서니

까치가 미끈하게 가랑이진 떡갈나무 구멍 사이에 붉은 고깃덩이를 밀어 넣고 마른 나뭇잎으로 풍성한 거웃처럼 꽂아놓는다

그 떡갈나무 거웃 쪽으로 바르르 떨며 부끄러움을 가리는데
하필이면 울리는 벨

까치가 휙 돌아본다
심장이 두근거린다

대낮에 떡갈나무 아래 자동차 한 대가 심하게 흔들리는 것을 보았다

까치가 날아갔다가 금세 돌아와 붉은 살덩이 쏙 빼 갖고 날아간다
아직 절반도 못 봤는데

물기 오르는 삼월

메마른 소나무 솔방울을 자꾸 던지고 있었다

바다를 데려오는 남자

늙수그레한 사내가 늙은 어머니랑
오일장마다 싱싱한 서해바다를 펼쳐 놓는다
고무다라이에 파도가 치면 지나가던 꽃무늬 원피스는 비명
을 지르고
우르르 모인 사람들은 바다를 흥정한다

사내는 달라붙는 낙지를 비닐 속으로 밀어 넣으며
이놈의 낙지는 젠장 잘도 붙는구만
남들 두 번씩이나 간 장가를 한 번도 못가고
육십 넘도록 간기 절은 옷만 빨고 있으니

혼잣말이 덤으로 얹어지고
지폐 몇 장으로 싱싱한 서해바다를 계산한다

한 치의 오차 없이 딱 맞는 눈금에 서운함이 찔끔 더해지면
노모는 검은 봉지를 슬쩍 잡아당겨 소라 하나 얹어준다

엄니, 남는 것두 읍쑈

펼쳐 놓은 신문지 위에 국수가 몸을 부풀리는 사이
바다를 손질하다 말고 북상한 태풍을 꺼내 읽고는
얼른 부축해 바다의 문을 닫는다

시클라멘

바람이 베란다까지 들어와
엉거주춤 엉덩이를 밀고
화분이 뱉어낸 물을 핥아주고 있었다

구부러진 우산처럼 잘 펴지지 않는

그늘 속에만 앉아있던 여자
햇살을 찍어 바른다

여수 유곽에서 왔다는
감나무 집 후실
딸 하나 땡감처럼 떨구고
양산 속에서 붉게 익던 입술

이치

들판으로 나온 세 살 환이가 물었다

어게 머야
민들레, 빙글빙글 손가락마다 노랗게 꽃이 핀다

네 살 환이가 물었다
이게 뭐에요

그건 토끼풀
깡충깡충 풀밭을 뛰어다닌다

해가 바뀌고 다섯 살이 되었다
이건 뭐에요

강아지풀이란다
아! 이거 크면 개풀 되는구나

점화하다

비릿한 바다 냄새가 난다
어디서부터 걸어왔는지
내 통증의 하나가 고개를 든다

갯벌을 파헤치는
어머니의 손길이 분주하다
바구니에 쌓여가는 바지락

퉁퉁 부어오른 관절마다
짠물이 스미고
축 늘어진 물풀 같은 어머니를 꺼내면
갯내 나는 시가 켜진다

풋감의 얼룩

돌담에 기댄 순한 햇살을 치마폭에 담으며 무명실에 감꽃을 꿰어 화관을 만들었다

감나무 아래 풋사랑의 초례청
신랑이 되고 신부가 되고 성미 급한 계집애의 앞섶엔 짙은 얼룩이 묻었다

삼십 년이 지나도 지워지지 않는다며
꼭 쥔 핏덩이의 주먹이 매일 밤 가슴을 헤집더라고 울음을 쏟아놓았다

풋감이 몸을 부풀리는 한나절 푸른 그늘 속으로 툭 떨어진 문자

홍시 빛 물이 들었다

대나무집

저녁이 무더기로 밀려 들어오는 사립문
우물곁에 앉아 보리쌀을 씻으며
분꽃 냄새를 가지러 간 남자를 기다렸네

고함은 언제나 대나무밭에서 들려오지
그런 날이면 날개를 다는 놋대야
걸핏하면 남의 집 나뭇간에 숨어들었네

자주 부러지는 개다리소반
희망이란 아교로 수습해보아도 떨어져 나가기 일쑤

뒤꼍에 없는 애기 업고 얼러 대다 자주 없는 애기를 낳았지
날개 없는 나비 잠은 빗자루에 쓸려나가고

새파랗게 젊은 대나무 사립문을 밀고 들어와
발목을 올리고 굴뚝을 넘어 안방 마루를 다 차지했네

바람을 담은 질긴 뼈로 칸칸이 울타리를 둘렀다네

4부
또 다른 행운이 진열을 기다린다

그네

밤의 모서리에 걸터앉아 흐느끼던 밤

줄 없는 꽃잎은 사방으로 흩어지고

아무리 달려도 언제나 그 자리

투신한 고백은 태울 수가 없었다

네가 머물다 간 자리

꽃잎 한 장 태우고도 출렁

구절초

닿을 수 없는 절벽에 핀 구절초가 더 아름답다

집에 돌아와 불을 끄고 누워도 잠이 오지 않는다

자꾸만 생각나는 걸 보니 단단히 눈맞았구나

어디였더라 누구였더라

봄강

푸른 발굽으로 내달리는 신록

혼절의 빛깔이다

천 가지 무색으로 아프다

뜨겁게 죄짓고

뜨겁게 죄 씻고 싶다

신성新星

그믐밤 길 잃은 별들 산자락에 내려와 떨고 있었다

십 년째 계급장 다 떼어버리고 평범한 모자가 잡초를 뽑고 있다

나팔꽃 피면

꼬인다는 거 대책 없더라구요

얼기설기 엉키는 실타래야 뚝뚝 끊어 쓰면 되지만

뒤집어 볼 수 없는 마음은 감당이 안 되더라구요

풀어 볼라치면 한 뼘 꼬이고 헤집으면 두 뼘 더 꼬이고

친친 감겨드는 오해
차라리 바지랑대 높이 세워 나팔꽃이나 보기로 해요

봄비

신록의 머릿단을 감겨주는
부드러운 손

온유한 눈매의
그분

내 발도 씻어주시겠어요

보라의 계절

순비기꽃 바짝 엎드려 보라를 밀고 온다

먼 곳에서 밀려오는 이야기는 늙지도 않고 생각의 구석까지 넓히며 온다

헛짚은 날들
수렁처럼 빠져들던 모래밭
슬픔 몇 짐 부려도 흔적이 없었다

왜 그래야만 했는지 묻지 못했지만

한 다발의 묵은 편지를 태우며

긁으면 보라의 진물이 흥건했다

피가 닿는 곳마다 까맣게 씨가 맺혔다

삼월의 수채화

냇물에서 오리들이 봄의 깃털을 고르고 있다

막 동면을 빠져나온 목련이
엉킨 생각을 풀고 희디흰 날개를 펼치는 사이, 북쪽 하늘
이 무거워졌다

길을 잘못 든 샛노란 개나리들이 냉기에 떨고
출구를 잃은 바람은 우르르 몰려다니는데

봄볕은 시간마다 화선지를 갈아 끼우고
지난겨울 급하게 이어놓느라 생긴 다리의 난간을 초록으
로 붓질한다

늙은 고양이 꼬리까지 색을 얹고
쉴 틈 없이 지친 몸

물감을 찍어 냇물에 그린 물그림 일렁이는 봄바람에 자꾸
떠내려가자
오리가 냇물에 발바닥 낙관을 찍어 봄 한 점 완성된다

포스트잇

멀리 떨어져도 눈물 날 일 아니다

길 좀 잘못 들었다고 서두를 일 아니다

이참에 발밑 지천인 꽃이나 보고 가자

떨어진 자리가 싹이 나는 자리다

유세

톱 연주자는 톱의 낭창한 허리에 현을 그어요

나무의 발목이 움찔, 솔방울 하나가 툭 머리를 찢네요

신록의 푸른 비린내 진동하고
점점 부드러워지는 톱의 허리

늙은 여가수는 탬버린으로 엉덩이를 돌려요

귀를 홀리는 톱의 음색
슬슬 사람들 귀를 베어가도 아직 눈치채지 못하네요
날것만 먹는 톱의 식성은 더더욱 알리 없구요

손뼉 치고 환호하고
현수막은 기호를 한껏 들어 올리고

 산밑 가설 공원 속으로 달달한 벚꽃나무 혓바닥은 굴러떨
어지는데

두 손으로 받는다

소인을 찍고 주소를 달고
날렵하거나 둔탁한 산맥을 지나
우주가 들썩
산 하나 통째로 들려오기도
바다가 넘실, 노을까지 밀려온다
생의 반이 실려 오기도
샛노란 싹
달큰한 즙
복사꽃 사랑까지
진물 끈적이는
느티나무 수액 같은 아픔
가만히 앉아서
낯익은 이름 생소한 이름
시집 두 손으로 받는다

귀가 열리는 길

문학모임 날짜 잊지 말라고 문자를 했다 교정 보느라 못 나온다기에 좋은 시 기대된다고, 치과 가서 교정해야 한다 며 낄낄거린다 저만치서 평교사로 명퇴한 남자는 교장 하 려면 바쁘지 아는 체한다 교장이 부럽기는 했었나보다 교 장실 앞에 교정은 잘 가꿔져 있었지 나는 거북 목 교정하러 외과에 가고

듣고 싶은 것만 듣는 사월이었다

공주 princess

오랜만에 친구 집에 전화했다
친구 딸아이가 누구시라고 전해드릴까요

공주야
공주라고 하면 알아

풉풉 터져 나오는 웃음을 자른다

재래시장에 푸릅푸릅 날아가는 노랑 줄무늬 새
금강 철교 중동 성당의 계단 공산성의 석빙고 왕릉의 왕관
공주는 princess

할머니도 공주
강아지도 공주

진짜 공주라니까

진주햄

벚꽃이 떨어진다
트럭이 기울어지고
비탈길에서 돼지들이 구른다

흰 진주알
벚꽃잎은 진주를 따라가고
진주는 사람들을 앞서가고
목에 걸지 않아도
진흙탕에 굴러도 진주는 진주
꿰지 않아도 보배

또르르 또르르 벚꽃잎이 굴러가는 오후
진주알처럼 햄이 구른다

행운의 목

남들 다 접은 꼬리였으나
뒤늦게 개업했다

리본을 달고 한껏 치장한
개업식에 올린 기도

뿌리내리지 못해 누렇게 뜬 행운
토막이 났다

꼬꼬닭꼬꼬닭
이번엔 암탉이라서 날지 못하고
벌써 네 번째
불발이다

또 다른 행운이 진열을 기다린다

이번엔 무얼 사 가나

무르지 않는 것

잡뼈 몇 덩이 무쇠솥에 담아 불을 지핀다

단단한 것들 오래 끓이다 보면 흐물흐물

마음에 가시처럼 박힌 그늘은 삶아도 무르지 않는다

용서란 이 땅의 언어가 아니어서 십자가로만 삶아진다

구간

날마다 엔딩
슬픈 영화의 한 대목을 베낀 것처럼
자주 극極으로 치닫는다

구간 밖의 세상은 모든 극劇으로 연출되고

내일 꽃 피리라 기대하고 능소화 꽃 피는 방향으로 갔더니
온도를 높이던 꽃은 이미 눈 밖으로 내몰리고

소문의 혓바닥에 돋는 고리는 자주 끊어지고

정작 너를 만난 구간은
물방울이 뚝뚝 떨어지던 집
아마 쏟아지고 만 술병의 어느 부분이었을 것이다

취한 질문들이 늘어나고
계절을 놓친 화분들이 유리창을 넘어가도 손 놓지 못한
어제가 자꾸 돋아난다고

벚나무처럼 웃음을 달고 사는 사람이나
떫은 낙과처럼 슬픔을 물들이는 사람도 모두 한 구간을
간다고

별것 없더라고

이제 막 눈꽃 열차가 경적을 울리며 레일을 지나간다

소낙비는 내리고

돌게를 잡아 오던 길이었네
한차례 소낙비가 옥수수밭을 후려치자
옥수수밭엔 북소리가 울렸네

첫사랑 두근거리던 울림이었네

꽃게를 사 오던 길이었네
한차례 소나기가 우산을 후려치자
하늘의 천둥소리만 들렸네

두근거림은 오래전 소나기에 씻겨나가고
저녁 식탁을 차려야지 종종걸음 뿐이었네

물의 길

광활한 사막에
발자국 하나 발견하고

사람의 온기 그리워
세숫대야로 덮어놓고 들여다본 여자는

사막 속으로
물의 길을 내고

지워진 발자국 찾아
따뜻한 세상으로 가는 길을 놓고 있었다

아날로그로 짚어내는
기억과 아포리즘, 그 시의 힘들

권혁재 시인

아날로그로 짚어내는 기억과 아포리즘, 그 시의 힘들

권혁재 시인

■

이번 출간한 유계자의 세 번째 시집인 『물마중』은 아날로그로 짚어내는 기억과 아포리즘이 갖는 삶의 교훈과 그가 추구하고자 하는 근원적인 시의 힘들로 가득히 구성되어 있는 것으로 읽힌다. 거기에는 그가 추구하고 지향하는 젊고 신선한 아날로그에서 추려낸 삶과 사람들이 그 중심에 들어차 있다. 유계자는 더 나아가 삶의 여러 방식과 형태, 그리고 그러한 것들을 삶의 바탕으로 살아온 사람들의 땀과 눈물에 대해 사유의 세계를 증폭시키는 아포리즘으로 천착시킨다. 그의 첫 시집 『오래오래오래』에서 "각각의 시어들로부터 퍼져나가는 정서적 울림의 동심원들이 서로 부딪치고 겹쳐지면서 시인만의 아련하고 쓸쓸한 내면의 시적 공간을 구축"하였고, 두 번째 시집인 『목도리를 풀지 않아도 저무는 저녁』은 그가 철저히 체득한 본질적인 경험을, 상상력으로 삶의 밑바탕을 되짚어내며 경험과 상상력의 밀접한 연결

고리를 형성해내고 있는 반면에 세 번째 시집『물마중』에서는 아날로그로 짚어내는 기억과 아포리즘을 통해 삶과 사람에 대한 신뢰와 진실을 진솔하게 들추어낸다. 또 기존의 시 형식과는 조금 다른 내용과 틀에서 벗어나 새로운 시창작을 시도하는 그의 색다른 면모를 볼 수 있는 기회가 되기도 한다. 독자에게 관심을 줄 만한 일련의 작품으로는「등꽃 목욕탕」,「물의 둥지」,「택배」,「개미와 칡」,「한 번이라도」,「접시꽃 급식소」,「어머니를 대출합니다」,「대나무집」,「고드름」,「포스트잇」,「진주햄」등이 있다.

유계자가 추구하는 시의 내면에는 삶과 사람이 존재한다. 그가 대하는 삶은 진지하기 때문에 시가 진지해질 수밖에 없고, 시가 진지하기 때문에 그의 사유의 세계도 진지해질 수밖에 없다. 그는 항상 '나'보다는 '타자'를 배려하고 존중하며, 그의 시작업 또한 그러한 일면으로 나타나기도 한다. "힘들고 지칠 때/ 곁이 되는/ 물마중 같은 시를 쓰고 싶었습니다"라는「시인의 말」이 그 단적인 예를 반증해준다. 유계자 시의 특징은 거개의 작품이 아날로그의 기억을 들춰내는 시말이나 시구가 아포리즘을 관통하는 "만 개의 눈을 가지고도"(「기적」) 분간하기 어려울 정도로 혼재하고 있다는 사실이다. 시집 전체의 작품 중에서 과반 이상이 아날로그의 기억을 들춰내 강한 서정으로 시의 결말을 맺고 있다. 나머지 작품들은 짧지만 가슴이 먹먹한 "지나간 사랑"과 "수십 년 말려 먹은 어머니", 그리고 짝다리로 정류장에 서 있는 남자를 짚어내면서 삶과 사람에 대한 관심과 애착을 갖고 있음을 짐작하게 한다.

그녀의 굽은 등에 파도가 친다
오롯이 숨의 깊이를 다녀온 그녀에게
둥근 테왁 하나가 발 디딜 곳이다

슬픔의 중력이 고여 있는
물의 그늘 속에 성게처럼 촘촘히 박힌 가시
물옷 속으로 파고드는 한기엔 딸의 물숨이 묻어있다

끈덕진 물의 올가미
물숨을 빠져나온 숨비소리가 휘어진 수평선을 편다

바다의 살점을 떼어 망사리에 메고
시든 해초 같은 몸으로 갯바위를 오를 때
환하게 손 흔들어 물마중 해주던 딸,

몇 번이고 짐을 쌌다가
눈 뜨면 골갱이랑 빗창을 챙겨 습관처럼 물옷을 입었다

납덩이를 달고 파도 밑으로 들어간 늙은 어미가
바다를 끌고 집으로 돌아오면
테왁 같은 낡은 집이 대신 손을 잡는다

저녁해가 바닷속으로 자맥질하고 있다
— 「물마중」 전문

물마중은 먼저 물질을 마친 해녀들이 물밖에서 물속에서

물질을 하느라 지친 해녀들이 채취한 해산물이나 그물망을 끌어내며 도와주는 것을 말한다. 이것은 일종의 품앗이처럼 자연스러운 것으로 지치고 고단한 몸과 마음을 서로 돕고자 하는 행동에서 비롯된다. 그러나 유계자의 물마중은 물질을 끝낸 해녀가 아닌 "테왁 같은 낡은 집"으로 향하고 있다. "숨의 깊이를 다녀온 그녀"는 등이 굽었고 "물의 그늘 속"에서 "물숨을 빠져나온 숨비소리"에 "휘어진 수평선을 편다". "끈덕진 물의 올가미, 물옷 속으로 파고드는 한기엔 딸의 목숨, 몇 번이고 싼 짐, 낡은 집" 등에서 그녀의 고단하고 녹록하지 못한 "시든 해초 같은" 삶을 유추할 수 있다.

그러나 유계자가 지적하고자 하는 사실은 아날로그도 아니고 디지털도 아니고, 레트로는 더더욱 아니다. 문제는 숨비소리가 휘어지도록 물의 올가미에 물숨을 쉬며 "바다의 살점을 떼어" "납덩이를 달고 파도 밑으로 들어"가는" 노동이다. 그녀의 노동은 딸의 물숨이 묻어있고 화자에게는 신선한 상상력을 자극하게 되는데, 그것은 바로 "물숨"이 만들어낸 삶의 애착과 사랑의 여운이다. 행간의 이미지는 "굽은 등"과 "몇 번이고 짐을 쌌다가"하는 사이를 "물마중"으로 오고 가는 동시에 그녀의 물질을 하는 노동의 "물숨"이 "휘어진 수평선"으로, 그녀의 둥근 테왁이 삶 – 사랑 – 바다를 연계하게 된다. "습관처럼 물옷을" 입게 되고 테왁 같은 넓은 집이 손을 잡기도 한다. 아날로그적인 노동의 시간 사이를 시로 가로지르면서 유계자는 삶 – 사랑 – 바다를 심급에 닿을 수 있게 펼쳐 놓는다. 이와 유사한 작품으로는 「등꽃 목욕탕」, 「출근」, 「갈매기 찻집」, 「수련」, 「물의 둥지」, 「가을밤」 등이 있다.

큐빅이 빠진 브로치
아무리 화려해도 꽂을 수 없다
—「지나간 사랑」전문

　아마도 유계자의 시 중에서 가장 짧은 시가 아닌가 싶다. 그것도 사랑에 대한 시다. 유계자는 사랑 시를 잘 쓰지 않는 시인이다. 언젠가 한 번쯤 쓴 시를 시집에 묶을 요량으로 내놨다 치더라도 그가 바라던 의도는 조금은 달성하였다고 추측한다. 왜냐하면 시제가 "지나간 사랑"이다. 사랑에 관한 시는 화자의 기대감이나 대리만족으로 쓰거나 약간의 보복 심리로 쓰는 것이 일반적이어서 상대방이 보든지 말든지 화자 자신이 만족하든지 말든지 그 양극 사이에는 어느 정도의 희열이나 진정제 역할을 해 온 보이지 않는 감정의 집단이 형성되었으리라 믿기 때문이다.

　화자는 "큐빅이 빠진 브로치"를 보며 "지나간 사랑"을 떠올린다. "큐빅이 빠진 브로치"는 브로치로서의 가치나 그 역할을 제대로 해주지 못한다. 화자는 큐빅을 일종의 투명한 사랑으로 보고 불투명하고 그 존재성을 잃어버린 브로치에서 사랑의 무의미함을 깨닫고 있다. 그러나 이미 "지나간 사랑"이기 때문에 "아무리 화려해도 꽂을 수 없다"라고 단정한다. "지나간 사랑"은 예전의 시간으로 돌아간다하여도 지금보다 화려하지 않는 "큐빅이 빠진 브로치"처럼 어디인가 부자연스럽고 불편한 게 사실이다. 유계자가 이 시를 통해 지적하고자 한 것은 "지나간 사랑"에 대한 아쉬움을 토로하는 게 아니라 인간과 불가분 관계에 있는 삶과 사랑을 향한 경건함에 무게를 더 두지 않나 싶다. 그래서 이 시에 사

람을 향한 사랑, 또는 사랑하는 법과 믿음을 전제로 "지나
간 사랑"에 대해 "큐빅이 빠진 브로치"를 들고나온 것인지
도 모른다.

딱 한 번 뜨거웠으면 됐다

딱 한 번 입맞춤이면 족하다

딱 한 번 채웠으면 그만이다

할 일 다 한 짧은 생

밟히고 찌그러져도 말이 없다
—「종이컵」 전문

 유계자는 과거에 경험했던 것들을 철저하게 시로 잘 그려
낸다. 그래서 그림을 보듯이 잘 읽어지고, 의미도 남다르게
넓고 깊다. 시가 쉽다고 해서 시 이해가 쉬운 게 아니고, 시
가 어렵다고 해서 시 해석이 어려운 게 결코 아니다. 오히려
짧고 쉬운 시가 이해하기 어려울 때가 있다. 유계자의「종이
컵」이 그러한 작품이다. 읽고나면 가슴이 막히고 답답한 게
왠지 알 수 없는 불편함이 밀려온다. 노동자의 입장에서는
일회용 노동자로, 사랑하는 사람의 입장에서는 어긋난 사
랑으로. "종이컵"이 다른 대상으로 대치가 된다 해도 결과
가 똑같은 값이 나온다는 생각에 현대사회의 만연한 부조리
가 스쳐 지나간다. 짧지만 강렬하고 많은 뜻을 내포한 시여

서 대하기가 더 경외감이 든다. 어쩌면 그 경외감 너머로 유계자는 부조리한 삶과 일회용으로 사는 노동자들을 사랑하는 신념을 갖고 있는 것으로 여겨진다. 그의 그런 본바탕이 좋은 시를 만들고, 좋은 시인을 또 만들어 낼 것임을 필자도 믿는다. 이와 유사한 시로는 「기적」, 「애완의 날들」, 「택배」, 「착각」, 「개미와 침」, 「소라게」, 「회색은 없다」가 있다.

■

아날로그에 대한 기억과 아포리즘 시의 힘을 파헤쳐 가는 유계자의 시작법은 한 가지의 유형과 방법에 머무르지 않고 다양한 대상에 다양한 기법으로 견지하는 자세를 취하고 있다는 면에서 고무적이다. 화자는 자신의 처지를 "억새꽃이나 쑥부쟁이"(「한 번이라도」)에 빗대어 표현하다. 그 이면에 있는 고독과 적요에 지친 화자 자신의 음영을 들여다보는 계기를 마련하기도 한다. 또 오래전의 서사나 아픈 상처로 각인된 서정을 현재의 자성한 시간과 성찰로 결합시켜 되새겨낸다는 특징을 가지고 있다. 이러한 일례는 "못이 빠져나간 자리"(「못이 빠져나간 자리」)를 "못 박힌 자리보다 빠져나간 자리가 오래 아팠다"는 역설적인 표현을 함으로써 "한 사람의 이름이 빠져나간 자리는 바람이 집을 지었다"는 아련한 아날로그의 기억으로 "이름이 빠져나간 자리"에 대한 "한 사람"을 그리워하고 있는 제스처로 주조해내기도 한다. 유계자 시에 등장하는 시의 대상은 어머니 또는 할아버지, 할머니, 아버지, 심지어는 남편 등 결국 가족 중심으로 집결되는 자의식의 집합체를 이룬다는 특징을 지닌다. 이것은 유년의 시간을 현재의 시간으로 끌어와 접목시켜 시를 획득

하고 있다는 점에서 그렇게 보여진다.

아버지가 회초리를 드는 날이면

수평선이 마당 끝에서 힐끔거렸다

아침에 학교 가면 벌써 소문이 돌고

밤새 찰싹찰싹 매질을 일러바친 수다쟁이

그런 날이면 나도 참방참방

바다의 발등을 밟아 대갚음했다
　　　　　　　　　　—「소문」전문

"아버지가 회초리를 드는 날이면" 수평선이 퍼뜨린 소문이 학교에서 먼저 돌고 "그런 날이면 나도 참방참방/ 바다의 발등을 밟아 대갚음"을 함으로써 어린 화자의 마음을 가늠할 수 있는 면을 보다가도 "소문"에 대한 두려움과 "아버지가 회초리를 드는 날"이 동시에 두려워지는 것은 무엇 때문일까? 아마 어린 화자가 감내하지 못할 진실된 사랑과 거짓 사랑 사이에서 판단하기 어려운 "소문"에 대한 두려움 때문이 아닌가 싶다. 이 시도 제목에 걸맞게 전개와 결말이 무난하게 잘 처리되어 수작으로 보인다. 이와 유사한 작품으로는 「하현달」이 있다.

연못의 잉어들

둥근 달 하나
몇 날 며칠 뜯어 먹었는지
달 껍질만 동동 떠 있다

내가 다 파먹고 버린
어머니 손톱 같은
―「하현달」전문

　왼쪽 밑으로 지는 달의 모양을 하현달이라고 한다. 어찌
보면 자식들에게 먹을 것, 입을 것, 다 내어주고 일생을 기
울다 가는 어머니와 많이 닮아 있다. "연못의 잉어들"이 "둥
근 달"을 "몇 날 며칠 뜯어 먹었는지/ 달 껍질만 동동 떠 있
다". "둥근 달"에서 시간적 경과나 세월의 흐름을 묘사해내
는 유계자의 시적 운용 방법은 오랜 관찰에서 빚은 자연적
인 현상이며, 그 현상을 시창작에 이미지로 잘 적용하고 있
다. 그러다 "내가 다 파먹고 버린/ 어머니 손톱 같은" 것으
로 끝을 맺는다. 뭔가 아쉬울 때 더 나가지 않고, 사족을 붙
이지 않음으로써 시의 긴장을 배가시켜 놓고 문장을 닫아
버린다. "하현달"에서 "내가 다 파먹고 버린/ 어머니 손톱
같은" 것으로 자성하고 성찰하기까지 시말을 다듬어낸 화
자의 심리상태는 차분하다 못해 모질고 시의 심급에 잇닿아
있다. 이와 유사한 시편으로는 「한 번이라도」, 「처서」, 「진
실」, 「접시꽃 급식소」, 「열쇠」, 「겨울 양식」등이 있다.

■

　유계자의 세 번째 시집에 수록된 작품들은 독자가 이해하기 쉬울 뿐만 아니라 기존의 시 형식이나 내용면에서 대별되는 외연을 확장시키고 있다는 점에서 참신하며 시를 향한 그의 열정도 짐작하게 된다. 뭇 시인들의 어떤 작품은 여러 번 거듭 읽어야 하는 작품이 있다면 유계자의 작품들은 대체로 한 번에 읽을 수 있고, 가벼우면서도 무겁게 다가온다. 그러나 그 가벼움은 읽고 지나간 작품에 용해되어 있는 서정과 서사는 강렬하게 남아 있어 독자의 가슴에서 맴돌며 자꾸 소용돌이 치게 만든다. 그 까닭은 유계자가 경험했던 오래전 시간들에 대한 기억의 재현이나 재생 방식이 디지털이 아닌 아날로그에 더 집착하는 것과 무관하지 않다. 그가 이러한 아날로그 방식에 집착하는 이유는 일상적이고 평범한 삶의 모습과 사람에게서 우리 모두가 공감할 수 있는 정서나 시적 효과를 기대하는 측면도 없지 않아 있다고 본다. 그 기저에는 "육 남매의 육중한 무게가 당신을 지탱하는 힘"(「아버지」)이었던 아버지, 그리고 "네 놈 찾기 전엔 못 죽지 못 죽어" 하며 "바람 한 번 지나가면 와장창 무너져 버릴 연한 비수들"(「고드름」)도 나타난다. 또 "풋감이 몸을 부풀리는 한나절 푸른 그늘 속으로 툭 떨어진 문자"(「풋감의 얼룩」)나 "바람을 담은 질긴 뼈로 칸칸이 울타리를"(「대나무 집」) 대나무로 이미지를 빚어낸 부분에서는 더 내밀하고 미학적 자세를 견지한다.

　유계자가 시집 『물마중』에서 탐색한 삶의 일반적인 모습들은 쌓이고 쌓여 오랜 숙성 끝에 익은 하나의 아포리즘을 이루어 낸다. 물론 시집에 수록된 작품이 별개의 뜻을 지닌

작품이지만 그가 추구하고자 하는 작품의 밑그림에는 아포리즘이 시를 완성해가는 요소로 작용하는 것도 주목할 만하다. 그것은 시속에 등장하는 대상이나 인물들이 서로 유대감을 형성하며, 각박하고 혼잡한 상태에서 빠르게 변해가는 현대사회에 대해 되짚어보는 계기가 되는 중요한 핵심이 되기 때문이다. 그래서 그의 시에는 항상 삶과 사람에 대한 시가 편재되어 오래전 아날로그와 현재의 디지털 기억 사이에서 아무런 마찰 없이 그만의 시세계를 확보해왔고, 부단한 노력도 많이 해 온 사실을 주목하게 한다.

해당화 한 송이
찻잔에 넣고 물을 붓는다

한목숨 꺾어
실핏줄까지 우려낸다

날마다 다른 이의
목숨으로 살아간다
―「존재」 전문

관념적이고 추상적인 시제를 갖고 주제를 잘 엮어낸 작품으로 여타의 시인들과 마찬가지로 평균량의 길이로 시를 써온 유계자에게는 이 시 역시 매우 짧은 편이다. 다분히 형이상학적이고 철학적인 의미로 이해하거나 상태를 나타내는 "존재"를 유계자는 관념과 존재로 잘 표현하여 그만의 시를 완성해낸다. 여기에 "해당화 한 송이"의 존재가 있다. 그

"존재"를 확인하려는 듯 "찻잔에 넣고" "한목숨 꺾어/ 실핏줄까지 우려낸다". 여과기를 거쳐 우려낸 "한목숨" 꺾인 채 "날마다 다른 이의/ 목숨으로 살아"가는 다른 또 하나의 존재가 있다. 존재 이전의 존재와 존재 이후의 존재는 분명 다를 수밖에 없지만 유계자가 지향하는 존재는 "해당화 한 송이"의 존재이고 "날마다 다른 이의 목숨으로 살아"가는 존재 그 자체이다. 튀르키예의 시인인 나짐 히크메트는 그의 시「진정한 여행」에서 "최고의 날들은 아직 살지 않은 날들"이라고 표현하였다. 여기서 "아직 살지 않은 날들"은 날마다 살아가야 할 존재의 날로 존재해야 한다. "가장 훌륭한 시"도 "아직 씌어지지 않"은 상태로 존재해야 하고, "가장 빛나는 별"도 "아직 발견되지 않은 별"로 존재해야 하는 것이다. 존재로서 존재는 "날마다 다른 이의 목숨으로 살아"가는 존재로 존재한다고 유계자는 인식하여 시로 획득해낸다. 이러한 그의 자세는 대나무같이 곧으나 부러지지 않는 유연함을 지니고 있고, 삶과 사람에 대한 신뢰와 동시에 시의 힘을 믿는 자신감으로 가득 차 있다.

돌아보면 알게 되네
구불구불 에돌아가던
그 길이 아름다운 길이었다는 걸

지나간 뒤에야 보이네
밤새 눈물짓던 일들도
버릴 것 없는 선물이었다는 걸
—「에움길」전문

에움길은 멀리 돌아서 가는 굽은 길을 말한다. 이 시도 짧은 시이지만 읽고 나면 많은 것을 생각하게 해준다. 에움길을 "구불구불 에돌아" 멀리 돌아서 가다 "돌아보면 알게 되"는 "그 길이 아름다운 길이었다는 걸" 깨닫게 된다. "에움길"은 아날로그의 기억에서 파생된 자성과 성찰이 내재되어 있는 공간으로, 느리고 더디게 에돌아 가도 꽃과 나무를 자세히 볼 수 있는 "아름다운 길"이다. 그런 에움길에서 유계자는 "지나간 뒤에야 보이"는 자신의 길을 되돌아보는 시간을 갖는다. 그 시간에는 "밤새 눈물짓던 일"에서도 "버릴 것 없는 선물이었다는 걸"을 자성과 교훈을 얻게 된다. "밤새 눈물짓던 일"을 겪으면서 지나온 날을 돌아보니 지금의 화자에게는 "버릴 것 없는 선물"이자 삶의 든든한 자양분이 되었음을 짐작하게 해준다.

디지털 시대에서 조금은 더디게 돌아가고 조금은 느리게 걸어도 유계자는 조급함이 없다. 불편함보다는 편안함을 가져다주는 시의 힘을 유계자는 믿으며, 그 시의 힘이 결국 더 많은 에움길을 만들어내는 밑그림이 될 것이라는 사실을 그는 알고 있다. 그것이 최소한의 아날로그 힘이자 진정한 시의 힘이라고 그는 확신을 갖고 있는 것이다.

비릿한 바다 냄새가 난다
어디서부터 걸어왔는지
내 통증의 하나가 고개를 든다

갯벌을 파헤치는
어머니의 손길이 분주하다

바구니에 쌓여가는 바지락

퉁퉁 부어오른 관절마다
짠물이 스미고
축 늘어진 물풀 같은 어머니를 꺼내면
갯내 나는 시가 켜진다
　　　　　　　　　　　—「점화하다」 전문

　유계자는 "비릿한 바다 냄새"에서 "통증 하나"를 점화시
키며 "갯벌을 파헤치는" 어머니의 분주한 손길에 아날로그
의 아련한 심지를 돋운다. 어머니의 "퉁퉁 부어오른 관절마
다/ 짠물이 스미고" "물풀 같은 어머니를 꺼내면/ 갯내 나는
시가 켜"지는 영상으로 떠오른다. 그러나 통증의 진행 방향
이 화자로부터 시작하여 어머니에게로 건너가는 방식이어
서 역주행을 하고 있는 듯한 인상을 준다. 대개는 어머니의
통증에서 화자의 통증을 짚어내면서 자성과 성찰의 면모를
드러내지만 이 시는 화자의 통증을 먼저 점화하고 어머니
의 통증까지 점화하면서 종내에는 "갯내 나는 시"를 점화하
기에 이른다. 이것은 어머니에게 통증을 제공한 대상이 화
자 자신에게 있음을 먼저 짚어내면서 어머니에게로 향한 사
랑의 통증을 점화시켜 시로 밝혀내고 있는 것이다. 유계자
의 아날로그 기억에 대한 접근은 매우 차분하며 그 속내 또
한 "부어오른 관절"을 가라앉히는 따뜻한 진정제 역할을 하
고 있다.

■

일상적인 삶과 보편적인 대상에 대한 유계자의 시심은 계절이나 구체적인 꽃이름, 그리고 사물명을 끌어모으는 힘에서 비롯된다. 그의 이 같은 시의 원동력에는 어린 시절 편린에 갇힌 가족이나 꽃, 그리고 계절을 가로지르는 서정과 서사로 가득 차 있다. 가령「보라의 계절」에서 "순비기꽃"으로부터 밀려오는 이야기는 "헛짚은 날들"로 "늙지도 않고 구석까지 넓히며" 오는데, "수렁처럼 빠져들던 모래밭"에 "슬픔 몇 짐 부려도 흔적이 없었"지고 "피가 닿는 곳마다 까맣게 씨가 맺혔다"라고 하며 순비기꽃이 피어 있던 자리를 "보라의 계절"로 환원하는 서사의 장면에서 극명하게 나타난다. 그러나 유계자가 환원하는 인간 본연의 심리상태는 심리학적 기준의 선택과 다를 바가 없다고 할 때, 그것이 시로서 충족해주는 요건과 충분한 상황이라고 여겨진다. 그러므로 유계자가 바라보고 있는 계절이나 꽃, 사물명은 희로애락과 함께 지속되는 인간 본연의 심리상태라 말할 수 있다. 이와 같은 심리상태는 본질적인 삶의 자세와 신뢰를 가질 만한 사람들에 대해 유계자는 허물없이 자성과 통찰을 위한 복기를 하고 있는 셈이다.

닿을 수 없는 절벽에 핀 구절초가 더 아름답다

집에 돌아와 불을 끄고 누워도 잠이 오지 않는다

자꾸만 생각나는 걸 보니 단단히 눈맞았구나

어디였더라 누구였더라

　　　　―「구절초」전문

　　푸른 발굽으로 내달리는 신록

　　혼절의 빛깔이다

　　천 가지 무색으로 아프다

　　뜨겁게 죄짓고

　　뜨겁게 죄 씻고 싶다
　　　　―「봄강」전문

　「구절초」는 "구절초"를 보고 돌아와 잠도 자지 못하고 자꾸 생각나는 "누구"를 떠올리며 "구절초"에서 전이된 사랑의 대상자에 대한 그리움을 그려내고 있다. 구절초를 보고 아름다움 대신 사랑의 독약에 취한 화자의 상태를 엿볼 수 있다. 「봄강」은 "푸른 발굽으로 내달리는 신록"에서 "천 가지 무색으로" 아파하면서도 "뜨겁게 죄짓고/ 뜨겁게 죄 씻고 싶다"라고 하면서 다행히도 더 이상 타나토스로 향해 나아가지 않고 "뜨겁게 죄 씻고 싶다"라고 하며 스스로 해독제를 처방함으로써 "봄강"을 벗어나고 있다.

　유계자의 아포리즘 성향이 짙은 시가 갖는 특징은 화자 자신이 만든 상처의 요소의 하나인 독약과 그 독약으로 자신을 치유할 줄 아는 해독제를 동시에 구비하고 있다는 점이다. 이와 유사한 작품으로는 「포스트잇」이 있다. 한편 이

와는 동떨어진 작품이기는 하나 "꽃"과 "햄"의 상징적인 의미를 강하게 내비쳐 현대의 자연과 현대인이 문명의 이기에 변해가는 처지를 빗대어 쓴「진주햄」도 눈여겨 볼만하다.

이번에 상재한 유계자의 시집『물마중』은 기존의 시 형식과는 조금 다른 대상의 선택, 전개의 간결성, 도저하고 강렬한 종결의 시도로 독자로부터 많은 사랑을 받고 각인되는 시인이 되리라고 본다. 유계자는 삶의 여러 방식과 형태, 또 그러한 것들을 바탕으로 살아온 사람들의 땀과 눈물에 대해 사유의 세계를 증폭시키는 아포리즘으로 천착시켜낸다. 그가 근본적으로 추구하는 시의 내면에는 삶과 사람이 존재한다. 그가 삶에 대해 진지할수록 시가 진지해지고, 사유의 세계도 진지해진다.

유계자는 과거에 경험한 사실들을 아날로그의 기억으로 철저하게 시로 잘 들춰낸다. 그래서 그림을 보듯이 잘 읽어지고 의미와 감동이 넓고 깊다. 그리고 이러한 그의 시작법은 한 가지 유형과 방법에 고착되지 않고 다양한 대상과 방법으로 자세를 취하고 있다는 면에서 고무적이다. 유계자의 아날로그 기억에 대한 접근 방법은 매우 차분하며, 그 속마음 또한 상처를 가라앉히는 따뜻한 진정제 역할을 한다. 또한 일상적인 삶과 보편적인 대상에 대한 유계자의 시심은 계절이나 구체적인 꽃이름, 그리고 사물명을 끌어모으는 힘에서 비롯된다.

유계자의 시가 지니는 특징은 화자 자신이 만든 상처의 요소의 하나인 독약과 그 독약을 치유할 수 있는 해독제를 동시에 구비하고 있다는 사실이다. 그리하여 더 이상 타나토스의 선을 넘지 않고 스스로 처방한 해독제를 사용하여 상처에서 벗어난다는 것이다.

 "날 무"를 깎아 먹으며 시를 쓰는, 먹다 만 무에게 물을 주며 시를 쓰는, 움이 트고 싹이 돋듯 시를 쓰는, 날 무 같은 자세로 앉아 있는 비장한 유계자를 떠올려 본다. "날 무를 깎아 먹다" 책상 위에 올려놓은 먹다 만 무에서 움이 트고 싹이 돋아나듯 앞으로 유계자가 보고, 듣고, 느낀 모든 것들이 시로 움트고 성장하여 『오래오래오래』, 『목도리를 풀지 않아도 저무는 저녁』을 가로질러 『물마중』을 나갈 때, 세 송이가 아닌 천 송이, 만 송이, 백만 송이가 피어 그와 함께 동행하는 모습을 기대하며 다음의 시로 마무리를 한다.

한낮을 베고 누워 시간을 날 무처럼 깎아 먹었다

먹다 만 무를 책상 위에 올려놓고 물을 부었다

움이 트고 싹이 돋아 세 송이 피었다

『오래오래오래』, 『목도리를 풀지 않아도 저무는 저녁』, 『물마중』
　　─「세 송이 피었어요」 전문

유 계 자

유계자 시인은 충남 홍성에서 태어났으며 2016년『애지』신인상으로 등단했고, 2013년 웅진문학상 수상, 2021년 애지문학작품상 수상, 시집『오래오래오래』,『목도리를 풀지 않아도 저무는 저녁』이 있으며 2022년 두 번째 시집은 중소출판사 출판콘텐츠에 선정되었다.

유계자의 세 번째 시집인『물마중』은 아날로그로 짚어내는 기억과 아포리즘이 갖는 삶의 교훈과 그가 추구하고자 하는 근원적인 시의 힘들로 가득히 구성되어 있는 것으로 읽힌다. 거기에는 그가 추구하고 지향하는 젊고 신선한 아날로그에서 추려낸 삶과 사람들이 그 중심에 들어차 있다. 유계자는 더 나아가 삶의 여러 방식과 형태, 그리고 그러한 것들을 삶의 바탕으로 살아온 사람들의 땀과 눈물에 대해 사유의 세계를 증폭시키는 아포리즘으로 천착시킨다.

이메일   poem-y@hanmail.net

유계자 시집

물마중

발   행   2023년 11월 15일
지 은 이   유계자
펴 낸 이   반송림
편집디자인 반송림
펴 낸 곳   도서출판 지혜, 계간시전문지 애지
기획위원   반경환
주   소   34624 대전광역시 동구 태전로 57, 2층 도서출판 지혜
전   화   042-625-1140
팩   스   042-627-1140
전자우편   eji@ji-hye.com
            ejisarang@hanmail.net
애지카페   cafe.daum.net/ejiliterature

ISBN   979-11-5728-526-6 03810
값   10,000원

이 책의 판권은 지은이와 도서출판 지혜에 있습니다.
양측의 서면 동의 없는 무단 전제 및 복제를 금합니다.

* 2023 전문예술 창작지원사업
   이 책은 세종특별자치시와 세종시문화관광재단의 후원으로 발간되었습니다.